이제는

봄이
온다고 해도

초판 1쇄 인쇄 2017년 01월 06일
초판 1쇄 발행 2017년 01월 13일

지은이 남중헌
펴낸이 김양수
표지 본문 디자인 곽세진

펴낸곳 도서출판 맑은샘 **출판등록** 제2012-000035
주소 (우 10387) 경기도 고양시 일산서구 중앙로 1456(주엽동) 서현프라자 604호
대표전화 031.906.5006 **팩스** 031.906.5079
이메일 okbook1234@naver.com **홈페이지** www.booksam.co.kr

ISBN 979-11-5778-181-2 (03810)

* 이 책의 국립중앙도서관 출판시도서목록은 서지정보유통지원시스템 홈페이지(http://seoji.
  nl.go.kr)와 국가자료공동목록시스템(http://www.nl.go.kr/kolisnet)에서 이용하실 수 있습니다.
  (CIP제어번호 : CIP2017000700)

차례

7　책머리에

11　열림
12　오월
14　지뢰밭
17　얼음꽃
20　생명의 무게
21　어머니
22　허무
23　님이 계시니
24　가을비
25　가을 햇살
26　분신
27　각오
28　하나와 둘
33　조금만 참으세요
34　알고 싶다
35　사랑의 흉내
37　다만
39　초저녁 호숫가에서
41　가을호수

43　마지막 인사
45　언제까지
46　허상
47　가슴속으로
48　억새물결
49　폭염
51　낙엽
52　경쟁력
53　늦가을
54　부질없는 일
55　밥만 먹여다오

56　그림 속의 떡
57　진짜로 과연 그럴까
58　찬바람이 불면
59　나에게 너는
60　봄 같은 님
61　버스
63　어린아이처럼
65　나를 떠나면
66　내 가슴속에

67 유혹
69 파리목숨
71 나는 어쩌면 좋아
73 저승사자가 와도
74 이제야 잊을 수 있어요
76 차이
77 작은 별 하나 하나
78 잡초의 운명
79 아무리 당황하더라도
80 장담
81 어느 독거노인의 결심
85 초연
87 겨울나무
88 포기
89 더 쉬운 길
90 무슨 상관일까
91 죽는 것이 더 쉽도록
92 신의 눈
93 개망신
94 벽곡은둔
95 검객

96 희망
97 다음 생애에
98 무거운 짐

99 혼자 가는 길
100 죽는 사람들
101 잉어떼
102 봄이 오는 느낌
103 봄바람
104 나를 구원해 주오
105 회한
106 때
107 중고차
109 삭막한 현실
110 서툰 농사꾼
111 내 갈 길
112 높은 자리
113 노래방
114 아직 끝나지 않았다
116 은퇴자
117 신이여 대답해 보소서
119 늘 사랑 속에서 살아야지요
120 세상을 떠날 때
121 순리
123 양지쪽
125 주례사
126 썩은 사과
127 길
128 이제는

129 뽕나무 잎

130 신의 망설임

131 자살

132 물귀신처럼

133 세월호 침몰

134 쓰레기

135 강물

136 비

137 님의 침묵

138 믿음

139 돈만 빼놓고

140 무한경쟁

141 사람이 무섭도다

142 참으로 신기하다

143 철이 들 때

144 사육신

145 영조대왕과 사도세자

146 고독

147 입장을 바꾸어 보면

148 이단자의 교리문답

149 안중근 장군님 전상서

151 못

152 불확실성

153 불나방

154 정리

155 구도자의 길

156 얼음꽃 환상

158 자살하는 사람들

159 피겨여왕

160 그림자라도

161 행복의 씨앗

162 포장

163 쉽게 살지 못하고

164 눈빛

165 아비규환

166 고독의 시간

167 하직 인사

169 태화루

171 송아지 목숨

172 죽어야 할 때

173 태풍

174 너무 늦었어요

175 사랑하는 마음은

176 소식을 전합니다

177 사랑의 연습부터

178 여유

179 숨은 꽃

180 그냥 떠나면 됩니다.

182 애수

183 외로움

184 은행잎

185 나를 한번 이겨 보세요

186 열풍

187 가을이 되면

188 친구

189 잘 알고 있지요

190 인간이기 때문에

191 말로 설명할 수 없는

192 이제는 봄이 온다고 해도

194 소중한 것은

195 신발

196 묻기 전에

197 공방에서만 머문다

198 작은 신

199 소름이 끼친다

200 꽃놀이 산책

201 부활의 조건

202 마음의 거리

204 무조건 봄이오네

205 풍선

206 여자의 마음

207 칸트책

208 돈

209 아랑곳없는

210 독거노인

212 추억

213 모르겠습니다

215 그림자

216 포옹

217 사랑이 찾아올 때

218 두려울 때

220 병원

221 영원히 만날 수 없는 것들

223 내가 죽으면

책 머리에

시詩는 이 세상을 살면서 남기고 싶은 의미나 깨달음, 그리고 느낌들을 가장 쉽고 짧게 응축하여 표현한 것이라고 본다. 아주 깊은 마음속의 소리이며 자연스러운 영혼의 울림이다. 그래서 시는 진실眞實이다. 시를 통하여 인간은 서로를 근본적으로 이해하는 데 도움을 받는다. 시의 어떤 형식이나 기교, 운율 등은 부차적인 문제일 것이다.

시詩를 통하여 세상을 달리 볼 수 있었다. 지금까지 논리적인 학문을 통하여 알 수 없는 또 다른 세상의 존재를 발견함이다. 현상에 깊숙이 담겨 있는 소중한 의미와 정서를 추구해야 어떤 실체를 더욱더 잘 알 수 있게 됨을 깨닫게 된 것이다. 이제야 시와 진실이라는 말이 조금 이해가 되는 듯하다. 현실을 재구성하는 데 혹은 마음속의 현상을 표현하는데 많은 천재의 작품을 접하면서 놀람과 감탄을 금치 못한 적이 한두 번이 아니다. 나도 덩달아 나의 현실을, 나의 마음을 그려서 나타내 보고 싶었다. 여기에 실은 졸고들은 바로 이러한 뜻의 나의 열정이요 그 낙서들이다.

이것은 내가 평생을 살아오면서 깨달은 생각과 느낌의 단편들을 시의 형식으로 적은 것이다. 다만 그냥 버리기에는 아까워서 모아 본 것이다. 만약에 내가 더 일찍 문학을 접했더라면 내 인생은 더 풍요롭고 훨씬 나아지지 않았을까 하는 회한도 든다. 늦었지만 그래도 이렇게 시작하는 것이 다행이라는 생각이 든다.

출판에 관해서는 처음에 많이 망설였다. 그러나 주위의 권유로 새로운 용기가 생겼다. 마침내 나의 시를 내 혼자만 자족하는 데 그치지 말고 다른 분들과 공유해 보려는 생각을 감히 해보게 되었다. 출판하지 않으면 결국 공중분해 되어서 영원히 사라질 것이라는 안타까움 때문이기도 하다.

그동안 초고를 읽어 주시고 적극적으로 평해 주신 '창작애' 회원님들을 비롯한 여러분들에게 진심으로 감사의 마음을 전하고 싶다. 특히 이 책의 앞표지 그림제목: 그날과 뒤표지 그림제목: 봄을 기꺼이 제공해 주신 원수진 화가님께도 매우

고맙게 생각하고 있다. 그리고 이 시집을 정성껏 출판하신 도
서출판 맑은샘에 진심으로 감사의 말씀을 드린다.

울산대학교 연구실에서

2017년 1월 5일

남중헌 씀

열림

힘을 얻어
자유로우면
마음의 문이 열린다.

힘을 잃어
억압을 받으면
마음의 문이 닫힌다.

서로 마음의 문이
열려야
운명이 같아질 수 있다.

오월

바람결에
신록이
더욱 눈부시게 빛나는 계절

내 마음은
꽃길을 따라

영혼이 자유로운 새처럼

경쾌하게
이리저리로 날갯짓을 하고

아무도
부럽지 않은 곳으로

아지랑이 사이로
아른거리는
그리운 님을 찾아

맑은 눈빛
그 따뜻한 미소를
아직도 잊지 못해

영원한 추억의
꿈결 속으로
끝없는 방황을 한다.

지뢰밭

여자를 만난다는 건
지뢰밭으로 들어가는 것

여자를 건들면
지뢰를 밟았다는 뜻

이제 함부로 발을 떼고
도망가려는 순간
그대의 인생은 산산조각 나고야 말걸

세상에 태어난
수컷의 사명은
오직 그대만의 사정일 뿐

이미 세상은 변한거야

세차게 비 오던 날
우산을 같이 쓰고
강변을 걸을 때

유난히 수다스러웠던 네가
갑자기 허락도 없이
나의 입을 맞추고
젖은 벤치위에 눕히니

이 시대를 거역하는 혁명투사여
이제는 차라리 조용히 눈을 감고
가만히 나의 처분만을
너의 운명은 바로 나의 손안에

성희롱
성추행
강간죄
전자팔찌

후후후
너는 지금 몹시도 떨고 있구나

나를 좋아했다고
나를 사랑했다고
모두 진심이었다고
청혼까지 하는 그대이었으니까

후후후
나는 이미
모든 것을
다 용서 했는걸

얼음꽃

모처럼 쌍수를 들고 춤을 추듯이
첫 봄비를 가슴에 담뿍 안았던
겨울나무들에게
기대를 저버리는
벅찬 시련이 닥쳐왔다.

밤새도록 부는 차디찬 삭풍에
또다시 그토록 몸부림쳐야만 했고
빗물은 나뭇가지에 파르르 떨다가
그만 그대로 얼어버렸다.

실바늘 같이 가느다란 고드름이
솜털처럼
나무 끝에서 밑둥치 까지
지난 시간의 모진 고통과 인내의 보상일까
마침내 온 산이 얼음꽃으로 뒤덮혀
별천지가 되었다.

구름 한 점 없는 갠 날이
다시 펼쳐지고
어제의 광풍을 마치 지우개로 깨끗이 지운 듯
밝게 떠오르는 아침의 태양 아래
온 산은 오색영롱하고 찬란한 보석처럼
반짝거리며
그야말로 동화의 나라가 되었구나

저만치 오솔길을 따라
마치 왕자와 공주가 손을 잡고 걸어가는 듯
서로 마주보는 끝없는 행복에
변함없는 사랑의 약속
이 시간만큼은
바로 진실한 마음의 전부요
또한 두 존재의 이유
참 사랑은 안타깝게도
얼음꽃 같은 것일까
마법이 풀린 듯 극치의 아름다움은
결코, 길지 않으리
행복의 태양이 중천에 솟아오르자

반나절도 되지 않아
투명하고 연약한 얼음꽃은
모두 사르르 녹아 사라지고

그들의 목소리도,
발자국 소리도,
그림자조차도 더 이상 찾을 길 없고
모두 환상의 꿈결처럼
저 먼 하늘로 증발하였다.

얼음꽃 사랑은
오직 순간일 뿐
또 다시 만날 수 없고
다만 영원히 잊지 못할 추억으로만 남는다.

생명의 무게

창밖의 소나무의 생명은
물론 나의 목숨보다 가볍겠지

화단의 벚나무도
목련화도
장미꽃도 그렇게 가볍겠지

어항의 물고기도 그렇게 가볍겠지
논둑의 개구리도 그렇게 가볍겠지
지나가는 고양이도
강아지도 마찬가지겠지
들판의 송아지도 마찬가지겠지

우주에 기여하는 바가
모두 각각 다른데도 불구하고

내 목숨이 가장 소중하고 무겁다는 것은
나만의 착각이 아닐는지

어머니

어릴 때 자장가를 불러 주셨고

제 손을 이끌고 소풍가던 날에는
맛있는 김밥을 싸 주셨던 당신께서는

분명 아이 엄마들 중 제일 아름답게 보였습니다.

언제나 든든한 울타리가 되어 주셨으며
아들을 위하여 늘 기도를 해 주셨고

한 때는 그토록 젊고 건강하셨던 어머니

이제는 주름진 얼굴에 눈이 침침하시고
거동까지 불편하시어 집밖으로 멀리 못 나가시고
육신은 풍상에 시달리어 많이 상하시고

세월이 야속합니다.
이 자식의 간절한 소원을 꼭 들어주세요.
부디 오래오래 사셔야 합니다.

허무

조용히 한줌의 흙으로 돌아가게 하소서.
이제 더 당신에 대한 욕심도 희망도 기대도 모두 포기하겠나이다.
차라리 조용히 한줌의 흙으로 돌아가겠나이다.

조상의 얼굴도, 형제의 모습도,
천국의 화려함도, 주님의 영광된 얼굴마저도 이제 모두 잊고
조용히 영겁의 세계로 돌아가게 하소서.

지난날의 저의 잘못이 크다고 하더라도 용서하시고
저가 잘한 것은 대수로울 것이 전혀 없으니
다만 지옥불 속에서 저의 영혼을 다시 깨워 괴로움을 당하게 하는
일만 없도록 해 주신다면,

차라리 조용히 한줌의 흙으로 돌아가겠나이다.
아예 이 세상에 태어나지 않은 것처럼
차라리 조용히 한줌의 흙으로 돌아가겠나이다.

님이 계시니

소슬한 바람이
가슴을 파고 드네요.

님이 계시니

올 가을이
더욱 좋습니다.

가을비

단풍잎이
떨어지고

가을비
내리는 소리가
들릴 때는

님
보고픈
내 마음이

찾아간 줄
아세요.

가을 햇살

파란 하늘은
그리움처럼
깊고

맑은 실바람은
밀어를 속삭인다.

갈대밭에
잠자리가 앉을 때처럼

여린 가을빛
하나
하나
또 하나

분신

그대 손을 꼭 잡으니
마치 내 손을 잡는 것 같다.
거듭되는 만남 속에
생소함은 다 사라지고
마침내 서로 분신이 되었구나
이제 헤어지면
몸이 찢어질 듯 아픈 것은
당연지사 아닌가

각오

초승달은 아직 서산에 걸려있고
여명도 밝아 오는데
비호같이 몸을 날려 오늘도 달린다.

내딛는 걸음마다
낙엽은 흩어지고
앙상한 가지마다 놀란듯이 비킨다.

찬바람 부딪힐 때마다
실눈이 되고
가쁜 숨 몰아쉬며

이념은 차디차게
오직 한곳에 못 박는다.
자유의 벅찬 고지를 눈앞에 떠올린다.

하나와 둘

님이 응답하면
마음이 밝아옵니다.

님이 침묵하면
절망 속을 헤멥니다.

님의 기쁨이
바로
나의 기쁨이 되고

님의 슬픔이
바로
나의 슬픔이 됩니다.

같이 있는 시간이 좋아서
약속한 날을
자꾸 손꼽아 봅니다.

헤어질 때의 아쉬움은 폐부를 찌릅니다.

서로가 서로의 분신이 되어
새로 만들어진
하나의
공동의 자아(自我)

이제는
나의 존재가 소멸되어도
기꺼이
오직 그대를 위하여 내가 할 수 있는 일만을 생각해 봅니다.

그러나
어느 날
몹시 비바람이 불고 천둥이 무섭게 치던 날
수양버들 가지들이 휭휭 거리며 부대낄 때

전선마저 끊어진 날

더 큰 행복을 찾아
꿍음을 내며 하나가 둘로 갈라지던 날
그리고 하나가 다른 하나를 버린 날

당신과 나 사이에는
검은 장막이 내리고

양지와 음지는 확연히 갈라지고

죽음이 바로 눈앞에 아른거리고

이 땅에는
점점
허무의 재가 노랗게 쌓였습니다.

내가 아닌
남을 위하여 준비된
너의 아름다움
너의 순결
너의 지조가
도대체 내게 무슨 가치가 있으리

차라리
부족하더라도

너가 네 곁에 있는 것을
너무나
너무나
더욱 원하건만

너의 희열은
나의 원망

너의 불행은
오히려 나의 위로

지독한 외로움은
독한 염산처럼
나의 살과 뼈를 녹여갑니다.

내 마음이 영원할 거라고 믿지 마세요.

이미
병들어 가고
비틀어져만 갑니다.

이제는
그립다는 내 말을
수백 번
수천 번
더 들어도
결코 나를 만나주지 마세요.

차라리
그렇게
그렇게
계속
차갑게만 계세요

그대를 만나면
나의 슬픔의 눈물이 뜨거운 용암처럼 흘러
그대를 덮칠까
두렵습니다.

조금만 참으세요

삶이 그대를 힘들게 해도
조금만 참으세요.
인생은 순식간에 지나갑니다.

부자가 그대를 부럽게 해도
조금만 참으세요.
인생은 순식간에 지나갑니다.

병마가 그대를 아프게 해도
조금만 참으세요.
인생은 순식간에 지나갑니다.

사람이 그대를 배신한다 해도
조금만 참으세요.
인생은 순식간에 지나갑니다.

사랑이 그대를 떠난다고 해도
조금만 참으세요.
인생은 순식간에 지나갑니다.

알고 싶다

나를
한없이
비참하게 하는 당신

언제까지
언제까지
나의 운명을 그렇게 만드는지

내 목숨이
다 떨어질 때까지
알고 싶다

사랑의 흉내

재산을 버릴 수 있나요?
없으면
사랑한다고 말하지 마세요.

권세를 버릴 수 있나요?
없으면
사랑한다고 말하지 마세요.

명예를 버릴 수 있나요?
없으면
사랑한다고 말하지 마세요.

목숨을 버릴 수 있나요?
없으면
사랑한다고 말하지 마세요.

남들이 사랑을 한다고
그냥 덩달아 말하지 마세요

완전한 사랑을 꿈꾸는 당신은
먼저 자신을 알아야 합니다.

사랑은 제3의 인격체

완전한 사랑은
오직 그 사랑
자체를 위하여

맹목적으로
무한한 희생을 요구하는
무서운 절대적 독재자

자신을 온전히 바칠 생각이 없으면
공연히 남의 사랑을 흉내 내지 말고

다른 사람을 혼란 속에 빠뜨리지 말고

그냥
그렇게
그렇게
평범하게 사는 것이 옳습니다.

다만

내가 그토록
사모하던 님은
결국, 나를 떠나고

나를 좋아하는
사람에게는
내가 관심이 없고

세상은
요지경

물고
물리는
짝사랑의 숨바꼭질

내가 평생에
한번도
뜨거워 본적이 없고

연탄재보다도 못한
인생이라고 함부로
비웃지 마라

다만
상대적 문제일 뿐

나도 뜨거운 마음과 정열
희생정신이
원래 없었던 것은 아닌 것을

초저녁 호숫가에서

바람에 스치운
뭇 별들은
눈물을 글썽이는 듯
더욱 반짝거리고

달님은
달빛을 타고 호수에 내려와
슬며시 물속으로 잠수하였다.

이 놀라운 사태에 대하여
원로급 물고기들이
우루루 모여들며
회의를 한다.

노송의 가지에서 휴식을 취하던
선선한 바람은
다시 길을 나섰다가

물가를 한바퀴 돌아
금방 되돌아 오고

그 곁 나란히
과수나무 숲의 그늘에
반쯤 가리워진
아담한 작은 농막 하나

정겨움에 휩싸이고
가슴을 설레게 하는

그리움과 함께
벅찬 미래를
조용히 꿈꾸고 있다.

가을호수

달빛을
가슴에 품고
소슬한 바람에
찰랑찰랑 거린다

긴 그리움의
그림자들은 스르르
어둠 속으로
녹아버리고

눈물처럼
별빛들도
하나 둘
수면위로 떨어진다

가을호수는
밤하늘을
사랑하기에

아담한 농막에도
불이 꺼지고
바람조차도 멎고

몇 그루의 노송들도
새들과 함께
조용히 잠들어도

가을호수는
내내 홀로 깨어
밤하늘을 마주하고 있다.
·
·

마지막 인사

평생동안 뭘 했느냐고요
정신없이 방황했지요
잡힐 듯이 잡힐 듯이 잡히지 않는

사랑찾아 구만리
그런 야망을 쫓아
그냥 끝없이 헤매었지요

한번도 사랑을 소홀히 한 적 없습니다.
나도 남들처럼 생각했어요
사랑이 인생의 가장 중요한 문제라고

해가 서산에 지고
차디찬 바람에 낙엽이 흩날리니
더 이상 풍상을 견딜 수 없어
이제는 떠나가야 할 시간

진실한 참 사랑을 구하지 못하고
결국은 빈 마음으로

인생의 여행을 모두 마칩니다.
고독도 역시 나의 운명
지구의 모든 분들 안녕히 계세요.

언제까지

언제까지 여행할까요
여행하는 것이
집에 있는 것 보다
더 좋을 때 까지

언제까지 만날까요
만나는 것이
이별하는 것 보다
더 좋을 때 까지

언제까지 사랑할까요?
사랑하는 것이
사랑하지 않는 것 보다
더 좋을 때 까지

어제까지 살까요?
사는 것이
죽는 것 보다
더 좋을 때 까지

허상

불러도 응답이 없습니까
사귀지 마세요

소식을 전해도 대꾸가 없습니까
사귀지 마세요

만나고 싶어도 만날 수 없습니까
사귀지 마세요

도움을 청해도 나타나지 않습니까
사귀지 마세요

그는 그림 같은 허상일 뿐
시간 낭비입니다.

그가 비록
신 같이 대단한 존재라 할지라도

가슴속으로

별빛을 향하여 달립니다.
별빛은 아득히 먼 곳으로 달아납니다.
달님을 쫓아 달립니다.
달님도 계속 거리를 두고 있습니다.
바람을 잡으려고 달립니다.
바람도 저 멀리 사라져 버립니다.
잠시 앉아서
님을 생각하고 있으려니
별빛도 달님도 바람도
모두 내 가슴속으로 파고들어 옵니다.

억새물결

가을바람이
속삭이는
은빛 억새물결에
파묻혀
단꿈을 꾸고 싶다.
저멀리 파아란
창공을
흐르는
조각구름에
나의 그리움을
전하고 싶다.

폭염

태양이 뜨겁게 작열하니
모든 것이 타들어 간다.
하루
이틀
사흘
나흘

바람도 멈추고
나무숲도
풀꽃도
동물도
사람들도
모두
숨죽이고 있다.

어느날
갑자기
시꺼먼 구름이 몰려오더니
빗줄기를 퍼붓기 시작한다.
모두가
만세를 부른다.

살았다
살았다
이제야
살았다

생존의 벅찬 환희에
소리지르며
모두가
빗속에서
미친 듯이 춤추고 있다.

낙엽

사람들이 너무나 쉽게
나를 밟고 지나간다.
나도 한 때는
연두빛 새싹이 되어
희망에 들뜬 적이 있었건만
녹음이 우거지고
뜨거운 태양이 내 가슴속에서
작열할 때도 있었고
울긋불긋 단풍이 되어
아름다운 나의 자태를
맘껏 뽐내기도 했다.
이제는 차가운 북풍이 불어
이리저리 바람에 흩날리니
아무도 아랑곳 않고
날 붙드는 자가 없구나
오히려 사람들이 너무나 쉽게
나를 밟고 지나간다.

경쟁력

일감이 줄어듭니까
경쟁력이 없기 때문입니다.

판매량이 줄어듭니까
경쟁력이 없기 때문입니다.

출세하기가 어렵습니까
경쟁력이 없기 때문입니다.

님이 떠나갑니까
경쟁력이 없기 때문입니다.

적은 금액으로
경매 탈락은 당연합니다.

눈물도 부질없는 일이겠지요.

늦가을

조금 밖에 남지 않은
늦가을의 햇살이
나뭇잎을 울긋불긋
물들게 하네요.
가슴속을 파고들기도 하는
선선한 바람결에
단풍이 우수수 떨어질 때는
보고픈 내 마음도
갈피를 잡지 못해요.

부질없는 일

손도 잡을 수 없고
맨날 서로 바라만 봐야 한다면
이는 애만 태우는 일

먼 곳으로의 동행은
안 하는 것이 좋겠어요.

아무리
단풍이 아름답고
가을바람이
가슴을 파고든다고 해도
저 먼 곳으로의 여행은
부질없는 일

아직 그대의 마음을 열 생각이 없다면
차라리 멀리가지 말고
시내 커피숍에서 차나 같이 합시다.

밥만 먹여다오

평균수명이
팔십이라지
그때까지 아직
이십 년 정도 남아 있네
시, 소설, 수필 등 좋은 책
모조리 찾아 읽고
아름다운 노래,
멋진 그림
모든 명작을 종횡무진으로
섭렵하며 보내는 여생은
상상만 해도
긴장되고
흥분되며
재미가 넘친다
내 아들아, 내 딸아
이때까지 더도 말고
밥만 먹여다오

그림속의 떡

진짜 하늘과 그림속의 하늘
진짜 강과 그림속의 강
진짜 나무와 그림속의 나무
진짜 집과 그림속의 집

내 마음대로 상상하고
내 마음대로 꿈꾸는 그대는
진짜 그대가 아니고 환상의 그림자

그림속의 떡은
그림일 뿐
아무리 좋아해도 먹을 수 없다.
그림속의 사람은
그림일 뿐
아무리 사랑해도 인연은 없다.

진짜로 과연 그럴까

진리가 승리할거라고 한다
진짜로 과연 그럴까

정의가 불의를 이길거라고 한다
진짜로 과연 그럴까

사랑이 증오를 바꿀거라고 한다
진짜로 과연 그럴까

착한 사람들이 망하고
나쁜 사람들이 잘되는 것
너무 많이 보았다

강자가 약자를 지배하고
모든 것을 빼앗을 때

진리 정의 사랑으로
자신을 희생한 사람들은

사후에 보상을 받을거라고 한다
진짜로 과연 그럴까

찬바람이 불면

겨울이 되어
찬바람이 불면
언덕위 들풀이 땅에 눕는다
약간의 시간적 차이가 있을 뿐
결국은 모두가
하나같이 쓰러진다
지난날 무성했던 영광은
망각의 시간으로 사라지고
마지막 시간의 끝에 다달음은
어찌할 수 없는 운명
이제는 체념을 배우고
모두가 하나같이
예외없이 쓰러진다

나에게 너는

나에게 너는
유일한
최고의 친구였는데

너에게 나는
그냥 수많은 친구중
하나였구나

너의 잘못은
아무 것도 없지만

왠지 깊은 허전함에
어지러워만 지네
소중했던 친구야 안녕

이제부터 너도
나의 여러 친구중
하나일 뿐이야

물론 그래도
너에게 괜찮겠지

봄 같은 님

매년 겨울을
춥게 보냈는데

올해는
님이 계시니

겨울인 줄
정말 모르겠네

봄 같은 님이기에

봄이 온다 해도

언제 온 줄
전혀 모르겠지

버스

태어나는 것은
버스를 타는 것

죽는 것은
버스에서 내리는 것

지구는 세월을 쫓아 달리는
버스와 같다는
나의 아버님의 말씀

만나는 것은
버스 속에서 인사 하는 것

웃고 떠들고 노래하는 것
모두 버스 속에서의 이야기

어떤 이는 다음 정거장에서 내리고
어떤 이는 그 다음 정거장에서 내리고
어떤 이는 또 그 다음 정거장에서 내리고

그렇게 해서
서로 영원히 헤어진다

종점에서는
예외없이 모두가 내린다

어린아이처럼

점점
작아지고 싶다

점점
단순해지고 싶다

마치 어린아이처럼

지난날 욕심이 엉킨
크고 거대한 야망은

나의 분수에 넘친
허세와 망상

오히려
야무지고
단단한
참 내실있는 행복을 찾아

나를 발견하고
나만의 운명을 사랑하는

자신에게 진실한
그 길로 가고 싶다

나를 떠나면

너는
이제
저 먼 곳으로

새로운 기회를 찾아
나를 떠나면

그만이지만

남아있는 나에겐

자책
절망
슬픔
외롬
그리움

이 모든 것 어이 감당할꼬

내 가슴속에

님이 계시니
세상이 다르게 보입니다.

내 가슴속에
별빛도
달빛도
함께 쏟아지며 들어와요.

강물도 반짝거리고
바람도 감미롭고
구름도 두둥실
하염없이 빗물이 쏟아지기도 해요.

님이 떠나고 나니
온 세상이 원점으로 되돌아갑니다.

내 가슴속에
모든 것이 하나같이 사라져 버리고
메마르고 텅빈 곳이 되어

적막함이 찾아오고
오직 어둠만이 남습니다.

유혹

우리의 인생이
세월을 쫓아
빠르게 흘러갈 때

그냥 지나가지 말고
인연을 잠시 맺고 가세요

가을의 정취가 만연하고
그리움이 진하여
파아란 하늘은 점점 깊어만 갑니다

갈대와 같은 우리의 운명

서쪽 하늘에 노을이 질때면
서로는 헤어져

저 영겁의 기약없는 세계로

지금 울긋불긋
아름다운 단풍이 져도
이는 다만 짧은 환상일 뿐

시간을 붙들어
그냥 지나가지 말고
인연을 잠시 맺고 가세요

파리목숨

성가시게 파리가 자꾸만 따라 붙는다.
나와 같이 먹자고
고기반찬 위에 앉기에 급히 쫓아버렸다.

잠시 뒤 같이 놀자고
다시 내 손등위에서 까불고 있다.
상종하지 않으려고 팔을 크게 흔들어
멀리 쫓아버리고 자리마저 옮긴다.

그래도 그 파리는 계속 뒤쫓아와
이번에는 뺨에 앉아
스킨십을 시도한다.

화가 나고 약이 올라 손으로 내 뺨을 후려쳤다.
파리는 잘도 피하고
저만치 멀리서 머리를 쓰다듬고 미안해하며
두손으로 빌고 있다.

나는 책꽂이에서 얇은 책 하나를 빼내들고
살금살금 다가가서 젖먹던 힘으로
힘껏 빠르게 내리쳤다.

그 파리는 마침내 즉사했다.

한지붕 아래 결코 함께 상생할 수 없는 법
왜냐하면 너는 단지 파리이니까

나는 파리의 입장은 전혀 생각하지 않고
아주 당연한 듯 잔인하게 죽였다.

나는 어쩌면 좋아

그토록 아끼던 사람은
오히려 나를 피하고

은혜를 입었던 사람은
오히려 나를 등지는구나

내가 가장 싫어했던 그 사람
내가 가장 비판했던 그 사람
내가 가장 멀리했던 그 사람
전혀 예상하지 못했던 바로 그 사람이

내가 궁지에 몰렸을 때
가장 많이 나를 도와주니
참으로 나를 놀라게 하는구나

세상은 참으로 요지경
내가 잘못 살았기 때문에
사람보는 눈이 아주 멀었었구나

아아 나는 어쩌면 좋아

앞으로 이 사람 미안해서 어떻게 대하나
어떻게 사과해야 하나
너무나 당황하여 할 말마저 잊는다

눈물이 앞을 가리며
세상은 아직도 살만한 곳이라고
저절로 고백하게 된다

저승사자가 와도

폭포수를 거슬러

치고 오르는
물고기 처럼

시계 바늘을 거꾸로 돌리면서
죽음의 세력에 대항한다

달리고
휘두르고
찌르고

저승사자가 와도
그냥 순순히 따라가진 않으리

세월의 흐름에
오늘도 완강히
저항한다

생명이 붙어있는 그날까지

이제야 잊을 수 있어요

그토록 사랑했기에
이제야 잊을 수 있어요.

일방적인 짝사랑
그동안 미안했어요.

조금만 좋아했더라면
벌써 포기할 수 있었을텐데

그토록 사랑했기에
늦었지만
이제야 잊을 수 있어요.

숱한 고백도
애절한 그리움도
모두 허공에 날려보내고

돌아앉은 그대 마음
조금도 어쩔수 없어도

수많은 세월이 지나가니

이제야 나도 그대를
마음속에서 지울 수 있어요.

차이

수많은 잡초중에
이름 모를 한 떨기가
봄이되어 생겼다가
겨울이 되어 사라집니다
무슨 별다른 의미가 없습니다

수많은 사람들 중에
무명의 인사인 나도
얼마전에 태어났다가
지금은 나이가 들어 죽습니다
역시 무슨 별다른 의미가 없습니다

둘 사이에 근본적인 차이가 없습니다
차이가 있다는 것은
나만의 착각일 뿐입니다

작은별 하나 하나

나는 저 멀리서 이곳에 왔다.
하늘에 반짝이던 수많은 별 중에서
어느날 작은별 하나가 사라지고
나도 모르는 사이에
마침내 이 지구에 나타났다.
인생은 모두가 나처럼 작은별 하나 하나
이곳에 잠시 머물다가 모두가
오래지 않아 다시 저 광활한 우주로 가겠지.
한번 가면 영원히 만나기 어려운 길
서로 만나고 싶으면 지금 만나고
서로 손잡고 싶으면 지금 손잡아야 한다.
한번 우주로 나가면
수십만 광년의 거리로 아득히 멀어진다.
나는 언제 이곳을 떠날지도 정확히 모른다.

잡초의 운명

왜 농부는 나를 그렇게도 싫어할까?

나에게 해준 것 아무 것도 없이
나 스스로 이렇게도 잘 자랐는데
나는 운명적으로 그의 버림을 받게 되어있다.

아무리해도
농부의 마음을 결코 바꿀수는 없다.

눈 하나 깜짝않고
마구 베어내고
마구 캐내고
마구 독한 제초제를 뿌리고
심지어 잡초와의 전쟁을 선포한다.

농민이 애지중지 하는
농작물들이 참 부럽다
가슴속 이 위화감을 어찌하리

모든 생명체에는
창조자의 목적이 있다고들 하지만
다만 나와 같은 잡초의 운명은 예외이다.

아무리 당황하더라도

이기는 자와 지는 자
옳은 자와 나쁜 자

이기면서 옳은 자
이기면서 나쁜 자
지면서 옳은 자
지면서 나쁜 자

이기는 자는 모든 것을
빼앗고
차지하고
지배한다

이것이 세상의 이치이다
현실이다
아무리 당황하더라도
이것을 잊으면 안 된다

장담

권세가 있다고
재산이 많다고
지위가 높다고
능력이 있다고
거들먹거리는 자여
인생은
한 치 앞도 알 수 없는 일
끝까지 살아보지 않고서는
어찌
장담할 수 있을까

어느 독거노인의 결심

모두가 내 곁을 떠났다.
부모는 이미 일찍 여의었고
아내도 몇 년 전에 병으로 죽었다.
외동 아들은 해외로 이민 간 뒤
소식이 완전히 끊어졌다.
나의 영향력이
사막의 물처럼 완전히 고갈되고

모두가 내 곁을 떠났다.
나이가 들어 눈이 침침하고
이빨도 빠지고
다리가 흔들리며
거동조차 안 되니
인생이 다 된 줄을 알아야 한다.

모두가 내 곁을 떠났다.
기침이 심해지고
각혈을 토해내니
폐암마저 도지는가 보다
어둠속에 누워 있으니
오직 적막뿐
토굴 속 천장만 바라볼 뿐이다.

모두가 내 곁을 떠났다.
삶과 죽음의 차이가 없고
아무도 나를 필요로 하지 않고
남은 것은 빚뿐이니
쫓기는 삶, 누추한 삶
노숙자 걸인 행각도 이제는 싫다.
무가치한 이 인생이여
눈물도 마르고
외로움도 무감각하고
무념무상의 산송장
먹을 것도 다 떨어져
당장 이 구차한 삶을 마감해야겠다.
차라리 꿈속이 현실보다 더 편안하다.

모두가 내 곁을 떠났다.
목을 매어 죽을까
절벽에서 떨어질까
열차에 뛰어들까
농약을 마실까
굶어 죽을까
물에 빠져 죽을까

할복을 할까
석유를 온몸에 뿌려 불에 타 죽을까
아. 어느 것도 자신이 없구나
자살을 죄라고 쉽게 말하지 말라.
지금 나에게 필요한 것은
생을 끝낼 자살할 용기뿐
이것밖에 더 부러운 건 아무것도 없다.

모두가 내 곁을 떠났다.
과거에 자식에게 물려준 재산 때문에
정부의 도움도 전혀 받을 수 없다.
종교기관은 영혼의 구원이지
자선단체가 아니란다.
돈을 한 푼도 더 구할 수 없는 자의
마지막 종착점
이는 거부할 수 없는 운명
자살, 이 친숙한 이름이여
한줄기 아름다운 소망의 빛이여

모두가 내 곁을 떠났다.
이제 남은 유일한 가능성
이것을 겨울이 오기 전에 결행하자.
어릴 적 배운 수영이 도움이 되겠다.
밤새도록 해변으로 조금씩 기어가
물속으로 들어가자
다행히 물에 뜨니 몸이 더 가벼워진다.

모두가 내 곁을 떠났다.
이제 마음은 준비되었다.
허우적거리며 수평선 바다 저 멀리
사연은 더 이상 묻지 말라.
갈매기 떼가 슬피 울고 있고
등댓불 하나가 나를 위해 밤을 지새운다.
가물가물
가물가물
힘이 완전히 빠질 때까지
영원히 돌아올 수 없을 때까지

초연

너희들에 대한 기대를
모두 버렸다
만나는 것도
대화하는 것도
더 이상 무슨 의미가 있으리
인연이 결코 없음이여

이기심이 판치는 세상에
아부가 가득하여
진흙 속 진주처럼
빛날 일 전혀 없다
너희들에 던진 진실이여
엿 먹어라

삭풍에 홀로 서 봤자
반응이 전혀 없는 걸
완전 역부족이며
어디서부터
손대야 할지 모른다
옳은 주장은
무의미한 헛발질
조롱만 당할 뿐이다

이제 과거를 모두
뒹구는 가랑잎처럼
바람에 선선히 날려 보내고
세상에서 조용히 잊혀지는
초연한 존재가 되련다

겨울나무

꽃의 영광은
이미 오래 전에
버렸고

한때
무성했던 나뭇잎은
낙엽으로 모두
날려 버렸다

모진 추위에
이제는
생존만을 생각해야 할터

앙상한 모습으로
자신을 한없이
작게 하며

오직
야무지고
단단하게

각박한 현실에
다른 여유는 전혀 없다

포기

헛되고
헛되도다

소중하게
생각했던 것이
물거품처럼
사라지도다

모든 희망과
기대를 포기하고

모든 망상과
집착을
털어내고

이제야
겨우 현실을
직시 한다
.
발걸음을 돌려서

나의 운명의 길로
홀연히 가련다

더 쉬운 길

어둠이 깔리니
두 개의 불빛이 뚜렷하다

오늘은
크리스마스이브 날

그녀와 나는
추위 속에서
밤늦게 까지 걸었다

두 개의 빨간 네온사인 불빛
십자가와
모텔간판

그녀에게 모텔로 가자고 했으나
이미 만원
빈방이 없다

이 거룩한 날
차라리 교회에 기도하러 가자
더 쉬운 곳으로

무슨 상관일까

만약에
내가
지금 죽게 된다면

모든 사람
모든 일
나와 무슨 상관일까

진실한 사랑의 기억만
빼 놓고는

아무런 미련도 없다

만약에
내가
지금 죽게 된다면

그냥
가벼운 마음으로

저 먼 곳으로
가기만 하면 된다

죽는 것이 더 쉽도록

현실이 무정하게 나를 덮칠 때는
어쩔 수 없다
돈이 없을 때는 어쩔 수 없다
힘이 없을 때는 어쩔 수 없다
법이 결정할 때는 어쩔 수 없다
사람들이 등질 때는 어쩔 수 없다
현실의 냉엄함을 잘 느끼지 못함은
아직 철없다는 증거일 뿐
너무 정직하고 성실하여
온갖 일탈도 시도할 능력이 없으면
죽음 외에 다른 길이 없다
죽는 것이 더 쉽도록
덜 고통스럽고
덜 공포감이 들도록
인간이 원래 그렇게 만들었더라면
얼마나 좋았을까

신의 눈

거대한 역사를 펼쳐보면
전쟁사
잔학사가
가장 뚜렷하다
수많은 군상이
너무나 쉽게
처참하게
학살 되어갔다
때로는 어처구니없이
때로는 비참하게
때로는 억울하게
인간의 운명이야말로
저 산야의 들풀과
무엇이 다르랴
신의 눈에는
똑같을 뿐인가 보다

개망신

개망신 당하기 싫어
이제 이 자리를 물러난다

더이상 여기에 머물다간
큰 화가 미칠지 모른다

조그만 욕심에
떠날 때를 놓칠라

난 원래 흠 많은 사람
분수에 넘치는 호사는 포기하고

혹시나
험한꼴 보기 전에
빨리 썰물처럼 빠져나가자

벽곡은둔

나의 작은 일생 이제 역사속으로
사라지게 하려고 합니다

더이상 의미를 부여하지 않고
과대망상에도 젖지 않고
조용히 날개를 접습니다

모진 삭풍을 감당하기 벅찬
앙상한 나뭇가지 처럼
이제 모두 내려 놓습니다
일을 더 벌리지도 않습니다

삶을 점점 단순하게 정리하며
속세에 중독된 온갖 미련을 끊고
명철보신의 벽곡은둔 길로 갑니다

내일도 똑같이 태양은 뜨겠지만
내 존재는 말끔히 잊혀질 것입니다

검객

여명이 서서히 밝아오고
드디어 결투의 시간이 다가왔다.
검객은 일어서서 칼을 뽑아 본다.

바람과 낙엽이 몸을 휘감는다
오늘은 진검승부의 날
이는 결코 피할수 없는 숙명
죽음은 이미 초월한지 오래다.

나뭇가지에 얼음꽃 피고
아침 햇살이 시퍼런 칼날을 따라
무지갯빛으로 가루가 되어 부서진다.

검은 나같은 방랑자에게
의지할 수 있는 유일한 반려자
곧 삶과 죽음을 갈라 놓을 것이다.
오늘인가, 내일인가 아니면

언젠가 나도 저 얼음꽃처럼
아름답고 깨끗한
작은 전설을 하나 남기고
미련없이 홀연히 사라지리라.

희망

오직
희망 때문에
견디었습니다

슬픔도
괴로움도
모두
삼킬 수 있었습니다

그 희망이
모두 사라진
지금

여기에
남아있을 이유가
없습니다

더이상
의욕도 생기지 않습니다

버틸 힘마저
사라집니다.

다음 생애에

아무리
고백하고
구애해도

안되는 군요

세월이
어느덧
일곱 해가
지났습니다

더 이상의 시도는
민폐겠지요

이제 드디어
포기합니다

다음 생애에
또 봅시다

무거운 짐

병원을 거치고
화장터를 지나서

나는 단지
한 줌의 재가 되었다.

인생의 무거운 짐
모두 벗어버리고

곧 바람에
훨훨 날아갈 것이다.

죽음은
모든 살아있는 인생들의
피할 수 없는 운명

나는 마침내
바로 그 어려운 숙제를
다 끝내었다.

이제부터 영원히
잠들기만 하면 된다.

혼자 가는 길

어차피 이 길은
혼자 가는 길이다.

환상을 버리고
자신을 찾는 길이다.

외롭고 두렵지만
끝내 견디어야만 한다.

진리는
스스로
진리일 뿐

다른 곳에서
도움을 구하지 않는다.

혼자 가는 길은
이미 예상 했던 일

이제는 오직
숙명만을 따른다.

죽는 사람들

목이 말라 죽는 사람이
많은 물이 모자라 죽는 것이 아니다.

숨이 막혀 죽는 사람이
많은 공기가 모자라 죽는 것이 아니다.

배고파 죽는 사람이
많은 밥이 모자라 죽는 것이 아니다.

돈이 없어 죽는 사람이
많은 돈이 모자라 죽는 것이 아니다.

외로워 죽는 사람이
많은 사랑이 모자라 죽는 것이 아니다.

잉어떼

자연보호 때문에
명촌교에서 선바위까지
오랫동안 낚시를 금지시키니
이제 잉어떼들의 천국이다.
암수가 짝을 지어
맘껏 희롱하며
심지어 사람도 무섭지 않아
얕은 곳까지 나와서
서로 뒤엉켜
요란한 물튀김을 한다.
이놈들은 취업 준비할 필요도 없고
영어를 몰라도 상관없고
골치아픈 컴퓨터를 안해도 되고
그냥 놀기만 하면 된다.
그야말로 팔자가
완전 상팔자로다.

봄이 오는 느낌

삭풍과 눈보라에 시달리던
황량한 들판의
겨울나무에도
어느덧 파란잎이 돋아나고
쓸쓸한 겨울 산길에도
얼음 녹이는
계곡물 소리가 더욱 크게 들린다
너무나 상쾌한 기분
희망의 꿈결
그 봄이 오는 느낌이
이제 심장속까지 파고든다.

봄바람

거울처럼
잔잔한 호수에

산들산들
불어온
봄바람

그토록 물결을
일렁이게
해 놓고는

아무런
뒷 감당할
생각도 없이

그냥
저멀리
지나가 버린다

나를 구원해 주오

숨막힐 듯이
아름다운 사람아

그대는 어찌하여
그토록
내 영혼을 지치게 만드는가
.
내 몸속의 피는
모두 마르고
내 가슴은 터질 것만 같으니

내 목숨이 지금
붙어있는지도 없는지도

이제는 내게로 돌아와
나를 구원해주오

회한

지금까지
도대체
어떻게 살았길래

나는 잘하는 것이
왜 하나도 없지

이것도 실패
저것도 실패
모두가 실패

앞으로
경쟁력이 이렇게도 없어서
이 험난한 세상을
어떻게 살아가나

생존하게 되면 다행
죽어도 당연

새로이 마음을
정리해야겠다.

때

가슴이 떨릴 때는
여행을 가고
이성을 만나고
사랑을 합시다.

다리가 떨릴 때는
성경을 읽고
남은 돈을 헤아리고
임종을 준비합시다.

중고차

처음 만났을 때는
그렇게도
나를 좋아하시더니
볼 때마다
쓰다듬고 씻어주고 닦아주고
팔을 벌려
안는 시늉 하시면서
평생의 동반자라고
호언까지 하시더니
이제 엔진 소리가 이상하고
시동이 자주 걸리지 않고
온 곳의 부품을
수시로 교체할 때마다
짜증부터 내신다.
나를 발로 툭툭 차면서
빨리 팔아치워야겠다고
너무나도 쉽게
푸념을 내뱉으신다.

세월이 많이 흘러
연식이 높아지면
당연히 성한 구석이
한 군데도 없다는 걸 모르시나
마침내 나를 중고차 시장으로
데리고 가서
거의 폐차 가격인데도
과감하게
아주 헐값으로 넘기고는
그래도 가슴이 아픈지
딱 이 한마디가 전부
"그동안 꽤 정들었는데"
나만 홀로 남겨 놓고
무정하게도
두번 다시 뒤돌아보지 않고
홀연히 떠나가신다.

삭막한 현실

세월이 가면
모든 것이 풍화되고
무너진다.

호수의 물이
완전히
말라버린 것처럼

꿈결 속의
사랑도
그날의 흥분도

아름다운 낭만도
의미도
안개가 걷히듯
사라져 버리고

삭막한 현실의
뼈대만이
덩그렇게 남는다.

서툰 농사꾼

열심히
땅을 갈고
씨 뿌리고
물 주고
잡초 뽑는
일을 했더니
비록 농사는 제대로 안되었지만
그 대신
건강이 아주 좋아졌네.

내 갈 길

이제는 드디어 내 갈 길을 가야겠습니다.
아무리 불러도
대답이 없고
아무리 기다려도
나타나지 않는 당신은
나에게 무슨 의미가 있을까요
당신에게 지쳐서
이제는 드디어 내 갈 길을 가야겠습니다.
나중에
님 떠난 나를 원망하지 마세요.

높은 자리

높은 자리에 올랐다고
자랑하지 말아라
부러워하지도 말아라
그곳에 못 간다고
초조해 하지도 말아라
실력이 모자라서
준비가 부족하여서
판단을 잘못하여서
수많은 사람들이
참혹하게 무더기로 죽게 되면
그 자리는
그야말로 욕된 곳이거늘
더 이상 오도 가도 못하는
지옥 같은 곳이거늘
높은 자리에 오르려고
애쓰기 보다는
먼저 자신의 분수를
헤아려 볼 일이다.

노래방

흥거운 곡조
어지럽게 도는 춤
건배의 고함소리
소란한 분위기에 취함은
무엇을 잊기 위함인가
각박한 현실을 떠나서
추억의 세계로
낭만의 세계로
꼬부라진 목소리
허우적대는 몸짓
잠시
행복의 착각으로
아름다운 노랫가락을 따라
저멀리
여행을 가리

아직 끝나지 않았다

나의 사랑은
아직 끝나지 않았다.
내 목숨처럼 소중한
님과의 인연이
법의 장막으로 여지없이 갈라져서
그대의 결혼을 축하한다는 말이
진심이 될 수 없음은 물론이다.
돌아 서자마자
슬픔과 비통이 너무 사무쳐
아무리 눈물을 쏟아내어도
계속 마르지 않는 것을
깊은 절망을
도저히 견디지 못하여
시퍼런 칼날을
내 모가지에 대고
몇 번이나 죽음의 문턱을
오락가락
결국 나의 경쟁력
나의 분수가
님에게 미치지 못함을 나도 잘 안다.

그렇다 하더라도
포기할 수는 없는 것을
비록 실연은 나의 운명이지만
다행히 내 정신만큼은 자유로우니
나의 사랑은
아직 끝나지 않았다.

은퇴자

날이 갈수록 오히려
통장에 남은 돈이 점점 줄어만 가네
씀씀이가 커진 상황이 원망스럽다.
여기 저기서 손을 자꾸 벌리니
매번 어쩔 수가 없구나
이제 남은 돈이 다 없어지면
새로이 마련할 길이 전혀 보이지 않는다.
사회는 더 이상 나를 부르지 않고
수명은 앞으로
수십 년이나 더 길 수도 있는데
내가 궁지에 빠지면
과연 누가 날 구제해 주리
돈의 노예가 되어도
점점 줄어만 가는 남은 돈 뒤에
아른거리는 죽음의 그림자
과소비는 비극으로 몰아가는
사실상의 폭력
공포의 시간이 다가옴을
돈의 가치를 폄하하는 자 그대는 알까

신이여 대답해 보소서

난징 대학살 때
당신은 왜 방관만 하셨습니까?
이 때 무슨 생각을 하고 계셨습니까?
수십만 명이
남녀노소 불문하고
칼에 목베이고
목 졸리어 죽고
고문당하고
생매장 되고
화형에 처해지고
총살당하는
이 아비규환의 참상을
당신은 왜 막지 않았습니까?
이는 어쩔 수 없는 사탄의 짓입니까?
당신은 전지전능하시니
결국 당신이 장본인인 셈이겠지요.
원래 당신이 예정하신 일입니까?
인간들이 도무지 알 수 없는
무슨 큰 깊은 뜻이 있었나요?

그 놈의 뜻 뜻 뜻
그토록 참혹한 거대한 죽검 위에 세워지는
그 뜻이 도대체 무슨 가치가 있을까요?
이것을 포함하고서도
당신의 천지창조를
위대한 작품이라고 자랑하시겠습니까?

늘 사랑 속에서 살아야지요

인생은 짧은데 어떠하든
늘 사랑 속에서 살아야지요.

지금도 사랑을 갈구하고 있어요.

만약 오늘의 사랑이 불가능하면
지난날 사랑의 추억으로 살렵니다.

만약 사랑했던 추억조차도 찾지 못하면
사랑의 상상 속에서 살렵니다.

인생은 짧은데 어떠하든
늘 사랑 속에서 살아야지요.

세상을 떠날 때

만약에
내가 죽어도
아무도 슬퍼하지 않고
아무도 불편해 하지도 않으며
오히려 수많은 사람들에게
도움이 된다면
나는 마침내
더 이상 미련없이 스스로
세상을 떠날 때가
온 줄 알아야 한다.

순리

죽음이 점차 가까워 지면
순리를 따르게 된다.

특별한 이유가 없으면
무리하지 않는다.

먹고 싶을 때 먹고
먹기 싫을 때 먹지 않는다.
억지로 먹지 않는다.

자고 싶을 때 자고
자기 싫을 때 자지 않는다.
억지로 잠을 청하지 않는다.

읽고 싶을 때 읽고
읽기 싫을 때 읽지 않는다.
억지로 책을 보려고 하지 않는다.

운동하고 싶을 때 하고
운동하기 싫을 때 하지 않는다.
억지로 운동하지 않는다.

만나고 싶을 때 만나고
만나기 싫을 때 만나지 않는다
억지로 사귈려고 하지 않는다.

양지쪽

햇빛이 잘드는
따스한 양지 쪽은
참으로 편안하다

한 발치 떨어진
음지 쪽에는
세찬 바람이 몰아치는
괴로운 곳이다

양지 쪽에 익숙하니
음지 쪽에는
가기가 싫어진다

음지쪽은
나와 무관하다고
생각 조차 싫어진다

결국 아예 잊어 버린다

음지쪽 사람들은
늘 억울한 일로 넘친다

양지쪽을 위하여
희생할 때가 너무나 많다

주례사

시부모와 사이가 나쁘다면
모시기를 싫어한다면
남편과의 사랑은 꿈도 꾸지 마세요.

백마디 말이 전혀 소용이 없습니다.

근본이 뒤흔들립니다.

그냥 헤어지지 않고
혹은 쫓겨나지 않고
지내는 것만도 다행인 줄 아세요.

시부모를 뺀 좋은 부부관계는
다 허상이요 착각입니다.

썩은 사과

사과가 반쯤 썩었다.
그대로 두었더니
며칠 뒤
나머지 부분도 썩어서 내버렸다.

모두 썩지 않을 수 없다.

사과가 반쯤 썩었다.
썩은 부분을 도려냈을 때는
며칠 지나도
나머지 부분을 먹을 수 있었다.

모두 썩지 않을 수 있다.

길

최고가 아니어도 좋다.
떳떳하고 내가 좋아하는 길이라면
행복한 것이다.
일등이 아니어도 좋다.
이등이 아니어도 좋다.
삼등이 아니어도 좋다.
아니 꼴찌라도 좋다.
여유있고 담담한 마음으로
최선을 다할 뿐
조바심이나 초조함도 필요없다.
아무도 알아주지 않아도 된다.
떳떳하고 내가 좋아하는 길이라면
행복한 것이다.
최고가 아니어도 좋다.

이제는

이제는 미련을 버려야 한다
공연히 붙들지 말아야 한다.
끊을 것은 끊어야 한다
정리를 해야 한다.
더 이상 주저주저하면
인생이 복잡해진다.
결국 서로 가는 길이 다르다면
마음을 강하게 먹어야 한다.

뽕나무 잎

기름이 좔좔 흐르듯
잘 자란 뽕나무 잎 속에
비단을 짜는 실이 숨어 있다니
참으로 놀라운 일이다
다만 누에와 함께 할 때

매력이 눈부시도록 넘치는
멋진 아가씨의 몸 속에
인간을 만드는 능력이 숨어있다니
참으로 신기한 일이다
다만 남자와 함께 할 때

신의 망설임

폭설이 내렸는데도 거듭 거듭 쌓여서
온 천지가 하얗게 뒤덮혔다.

차라리 태고의 찬 바람까지 쌩쌩 휘몰아치는
빙하기로 만들까 보냐

이 세상이 도무지 마음에 들지 않아
모두 확 쓸어버리고 원점으로 되돌아가

하얀 도화지에 처음부터
다시 그림을 그리듯이
재창조를 하고 싶은 심정이지만

다시 태양이 떠오르고
솜사탕처럼 모든 눈이 녹아 사라지고
지난 세상이 다시 나타난 것은

아직 인류에 대한
사랑과 추억의 역사를 못잊어 하시는 미련이요
신의 망설임 때문이란다.

자살

모든 자살은 진지한 것이다.
남들이 보기에
너무나 쉽게 죽는 것 같은 경우도
당사자는 우주를 꿰뚫는
피눈물 나는
깊은 고뇌를 한 뒤의 내린 결단이다.
죽은 자에 대하여
그 자살의 잘못됨을
절대로 가볍게 이야기 할 수 없다.

물귀신처럼

내 나이가 너무 많아
이제 살 만큼 다 살았어
세상에 아무 미련이 없지
행동에 거칠 것도 없지
앞으로 더 잃을 것도 없으니까
차라리 조금 당겨서 죽을까
사람은 끝까지 살아봐야 안다지
내 눈에 거슬리는 너
내 소중한 사람을 그렇게 만들어 놓고
세상이 네 계획대로만 되지 않도록
승승장구 하던 너를
내가 죽을 때 데리고 간다
물귀신처럼
그래야 세상 일이 내 죽음 뒤에도
좀 공평할 것이야

세월호 침몰

한꺼번에
수 백 명의 생명이
수장되었다.

타인을 구하느라
스스로 목숨을 버린
영웅들도 있다.

이 안타까운 죽음들이
함부로 평가되지 말아야

믿음이 없으면
화가 미치고

죄가 많으면
불행이 온다고

비극을 함부로 모욕하는
막말을 들으면
온 몸의 피가 역류한다.

쓰레기

쓰레기를
아무리 많이 모아도
쓰레기이다
이것을 자꾸만 뒤적거려도
역시
쓰레기이다
쓰레기와 함께 하면
시간 낭비이다
나중에 허송세월로
후회하게 된다

강물

강물이 흐른다
강물이 유유히 흐른다
곳곳의 계곡물과 지류가 모여서
이제 하나가 되었다
여유롭고 늠름하게 흐른다
굽이마다 아름다운 꽃과
나무들을 키운다
물고기를 가슴에 품고
물새들과 함께 노닐고 있다
산들바람 따라 조금만 더 흘러가면
큰 형님 바다를 만나겠지
강물이 흐른다
강물이 유유히 흐른다

비

슬퍼서 내리는 비인가
그리움의 비인가
아니면 후회의 눈물인가
단지 하늘만이 그 사연을 알겠지
꼭 내 심정 같아
그냥 우산을 접고
그대로 빗속을 걸어간다

님의 침묵

그리움이 너무 진하여
나의 내장이 다 녹아내리듯
중심을 잃고 비틀거려도
님의 침묵은 언제나 끝이 없어라

믿음

만질 수 있는 것은 존재하는 것이다.
보이는 것은 보이는 것이다.
들리는 것은 들리는 것이다.
모르는 것은 모르는 것이다.
믿을 수 있는 것은 믿는 것이며
믿을 수 없는 것은 믿지 않는 것이다.
이 밖에 더 생각할 필요가 없다.
이것만이 최선의 길이다.

돈만 빼놓고

돈만 빼놓고 나는 부자다.

아직 젊고
여유시간도 있다.
운동할 체력도 된다.
사랑하는 사람들
친한 친구들도 있다.
직장을 다니고
자녀도 있다.
독서
여행
등산도 즐긴다.
아름다운 추억도 많고
나에게 부족한 것이
거의 없다.

돈만 빼놓고 나는 부자다.

무한경쟁

약 오억 마리의 정자가
단지 하나의 난자를 향하여
치열한 경주를 한다
그 중에 하나만이 선택되어 수정이 된단다
수 많은 남자들이
아름다운 한 여성을 향하여
사투를 건 경쟁을 하는 것은
정자의 모습과 아주 흡사하다
소문에
피겨여왕을 향한
수 많은 남성 중
결국 한 사람만이 선택되어
결혼에 이른다고 한다
모두 본질적으로 서로 다를 바 있을까

사람이 무섭도다

너의 친절이

너의 따뜻함이

너의 배려

너의 선물

네가 베푼 모든 선행들이

결국 이것을 겨냥한 것이었더냐

그토록 너를 믿었고

따르고

매사를 의논하고

의지하려고 했던 내가

정말 바보로구나

이제는 가거라

멀리 내 눈앞에서 사라지거라

참으로

사람이 무섭도다

참으로 신기하다

나는 컴퓨터를 만드는 사람들과
이 땅에서 함께 살아간다
나는 반도체를 만드는 사람들과
이 땅에서 함께 살아간다
나는 자동차를 만드는 사람들과
이 땅에서 함께 살아간다
비행기를 만든 사람들과
이 땅에서 함께 살아간다
나는 우주 로켓을 만드는 사람들과
이 땅에서 함께 살아간다
나는 유전자 조작을 하는 사람들과
이 땅에서 함께 살아간다
나는 원자력을 만드는 사람들과
이 땅에서 함께 살아간다
이러한 무시무시한
경이로운 능력의 뭇사람들
틈바구니 속에서도
나처럼 그토록 경쟁력 없는 자가
아직도 이 땅에서 생존하고 있다는 것이
참으로 신기하다

철이 들 때

현실의 냉엄함을 모르면
아직 철이 든 것이 아니다

온실 속의 삶은
뜬구름 같은 이야기

권력의 잔인함을 아는가
악법의 억지 적용을 아는가
돈의 무서움을 아는가
인간관계의 차가움을 아는가
억울한 누명 상태를 아는가
배신의 허무를 아는가

현실의 냉엄함을 모르면
아직 철이 든 것이 아니다

사육신

평온하게
신음소리 조금도 내지 않고
가쁜숨 한번 크게 내 쉬다가
자연사하는 사람은
정말 축복받은 사람이다
부귀와 명예
지위와 권세도
그 어느 것도
이 자연사와 바꿀 수 없으리
천차만별의 죽음의 과정 중에서
이만큼 행복한 죽음이 있으랴
이것을 모를리 없건만
충절을 지키기 위하여
자연사를 포기하며
기꺼이 능지처참 되는
사육신들의 높은 기개에
눈물이 앞을 가린다

영조대왕과 사도세자

세상이 참으로
징그럽고 공포스럽구나
이거야말로 정녕 악몽이 아닌가
온갖 고통과 시련을 거친 후
결국 돌아온 것은 원한뿐
나의 잘못은 오직
어쩌다가 생겨난 생명을
죽이지 않고 살아나게 했던 것
배은망덕과 백해무익한 존재여
어찌하여 너는 나의 정적(政敵)이 되었느냐
도대체 누가 가해자이고 누가 피해자인가
완전히 개똥 취급 받는군
내 위치에 대하여 착각했구나
어찌 내가 협박과 공갈의 대상인가
그동안 배운 것이라곤 겨우 증오감뿐이냐
내 평생에 결국 살부지수 같은
괴물 하나를 키워 놓았군
너를 향한 모든 꿈과 희망을 접는다
후회감과 허무함이
물밀듯이 밀려온다
그냥 눈물만을 흘릴 때가 아니다
이제 더 큰 비극을 막기 위하여
나도 정신을 바짝 차려야겠다.

고독

이제 고독의 시간을 찾아
저 멀리 떠납니다
죽음이 보다 더 가까운 곳으로

옛날 철부지한 때처럼
고독을 두려워하지 않겠습니다
오히려 고독을
나의 운명처럼 사랑하렵니다
그러면 참다운 내 모습을 만나겠지요

나에게 친구가 없더라도
나에게 연인이 없더라도 꿋꿋이 견디겠습니다.
이젠 미련을 모두 버립니다

나의 생명은 원래
친구도 연인도 아무도 없는
공허에서부터 시작했으니까요

입장을 바꾸어 보면

그대가 사랑을 잃고 비참하게 되더라도
그대를 버리고 떠난 사람을
결코 원망할 일이 아닙니다

나에게 그토록 매정했던
자기 자신을 돌이켜 보면
마찬가지 일이니까요

눈부시도록 아름다운 젊은 날에
모든 것을 바치고
내 목숨보다 더
그대를 사랑하려고 했던 나를
그렇게 헌신짝처럼 차 버리고
그 얼마나 깊은 고뇌속에서 방황하든지
전혀 아랑곳하지 않았잖아요

물론 아무도 잘못한 것은 아닙니다
운명은 어차피 서로 다른 길이며
자기가 싫으면 그만인 것이므로

님의 실연도 이제 입장을 바꾸어 보면
충분히 이해될 수 있는 일이겠지요
나처럼 너무 슬퍼하지 마세요

이단자의 교리문답

하나님을 믿습니까
예 물론 믿습니다

하나님은 어떤 분이십니까

이 세상 자체가 하나님이며
이 세상이 움직이는 법칙 차제가
바로 하나님의 성품입니다

당신이 죽으면 천당으로
갈 것으로 확신합니까
예 물론 확신합니다

그럼, 천당은 어떤 곳입니까

자신이 흙이 되어 아무것도 남지 않은
무아의 허무 세계입니다

당신은 도대체 무엇을 원합니까

자연과 완전히 하나가 되는
범아일체의 경지입니다

안중근 장군님 전상서

하나 밖에 없는
자신의 고귀한 생명을 기꺼이 바쳐
이 민족을 구하고자

그토록 젊은 청춘의 나이에
이토오 히로부미를 저격하고
형장의 이슬로 사라진
안중근 의사님

삼가 무릎을 꿇고
거듭 무한한 감사를 드리지만

이 나라 이 민족이
당신의 거룩하고 숭고한 희생을
과연 받을만한 가치가 있는 대상인지가
진심으로 의문이 듭니다.

세월호 침몰 참상을 지켜보면서
이 민족 중에는 이기적이고 냉정하고
무책임하고 사악한 사람들이
너무나 많음을 알았습니다.

자꾸 극명한 대조가 되어
당신의 고귀한 희생이
정말 아깝고 안타깝습니다.

우리가 과연 당신의 거룩한 희생을 받을 만한
가치 있는 존재들일까요?

이 한심스러운 민족의 모습에
당신께서도 혹시 지하에서 통곡하고
계시지 않으시는지요.

못

벽에 단단히 박힌 못이
도무지 빠지질 않는다

벽은 여자의 마음

가만히 있는 사람의 가슴에다
억지로 무리하게
깊은 상처를 주었으니

결코 쉽게 다시 원점으로
되돌아가진 못하리라

불확실성

파리가 오른쪽으로 날아갈까
아니면 왼쪽으로 날아갈까
도무지 알 수 없는 일이다.

모기가 잡히기 전에 날아갈까
아니면 못 날아갈까
도무지 알 수 없는 일이다.

지렁이가 오른쪽으로 기어갈까
아니면 왼쪽으로 기어갈까
도무지 알 수 없는 일이다.

저 사람이 나를 좋아할까
아니면 나를 싫어할까
도무지 알 수 없는 일이다.

살아있는 존재는 모두
불확실성의 덩어리
알 수 없는 것은 당연한 일이다.

불나방

썩어빠진 곳
위험한 곳
잔인한 곳은
아예 가까이 하지를 말자

발길을 도무지 돌릴 수 없거든
멀리감치서 구경만 하자

그래도 미련이 남아
궁금해 죽겠거든
마음속으로 생각만 하자

자기 죽는 줄 모르고
불속으로 무조건 달려드는
수많은 불나방을 보라

나도 역시
덩달아 달려드는
그런 바보가 되려나

정리

평생을 만나온
사람들과의 인연이
어처구니없는 사건으로
혹은 예측하지 못한 행동으로
한사람씩 차례로 끊어져간다

거의 세상살이 끝자락까지 지내온
오랫동안의 만남조차도
결국 헤어짐은
안타깝지만
어쩔 수 없는 일

과거가 모두
환상 속에서 살았다는 말인가
일 퍼센트도 서로 모르면서도
맺어온 인간관계가
원래 모두 물거품 같은 것인 줄을

이제야 새삼 깨달으며
못쓰는 남은 물건을 정리하듯
무의미한 인간관계도
미련없이 과감히 포기한다

구도자의 길

진리를 찾아 구만리
구도자의 길은 한없이 멀기만 하다
비록 끝없는 여정이지만 최선을 다할 뿐
인간은 진리를 향한 과정적 존재
인간은 원래 연약하고 시공이 제한되며
공포와 편견에 쉽게 휘둘리는 불완전한 존재
누가 감히 스스로 절대적 진리를 주장하랴
내가 믿는 것이 있다면 오직
학문을 통한 진리의 신
신은 바로 이 세상의 올바른 법칙 그 자체다
학문이 설사 인간들처럼 불완전하다고 해도
진리의 가능성을 최대로 추구하는
전 인류의 최선의 노력 산물이다
그것을 벗어나면 허구이므로 더 바라지 말자
이성을 건너뛰지도 말자
관찰할 수 없거나 증명할 수도 없고
확인할 수도 없으며
이치에도 맞지 않는 모든 것에 대한
기대를 완전히 끊는다
더 이상 거짓과 위선의 세계에서 살지 말자
비록 모든 진리가 반증될 가능성 있는
단지 확률의 문제이라고 하더라도

얼음꽃 환상

사랑은 마치
얼음꽃 환상과 같은 것

잠시 황홀하게 반짝이는
극치의 순간이 있을 뿐

곧 사라져 버리고
오직 영원한 추억과
동경으로만 남는다

완전한 아름다움을 위하여
처음과 끝을 두고 있으며

그 사랑의 작품이
더 망가지기 전에

스스로 과감히
떠나야만 하는
원래 슬픈 운명이지만

그 아픔 대신에

영원한 추억

진실한 마음을 얻는다

사랑은 마치

얼음꽃 환상과 같은 것

자살하는 사람들

모든 자살은
진지한 것이다
결코 폄하하지 말아야 한다
자살을 잘못이라고 평하더라도
자기를 향한 살인이라고 말하더라도
아무튼 대단한 행동이다
내가 이들의 입장이라고 할지라도
그 결단을 도저히 따라갈 수 없을 것 같다.
이들의 용기를 아무나 갖지 못한다
미인이 가장 아름다울 때에
자기 거울을 깨뜨리고 싶듯이
세상에서 더 험한 꼴
더 이상 보지 않고
이쯤 해서 인제 그만 살고 싶어도
도무지 그 용기가 없어서
계속 살게 되는
경우도 많다

피겨여왕

피겨여왕은 마치 신 같은 존재
아무리 내가 좋아해도 만날 수 없고
소식을 전해도 그녀는 내 대답을 받을 수 없다
더구나 내가 자기를 좋아하는지조차도 모른다
그녀는 내가 필요할 때 내 곁에 없으며
신문지상이나 텔레비전 화면으로만 볼 뿐이다
그녀는 그림의 떡
내 마음은 어떠하든 상관없다
그녀 때문에 나의 애인을 버린다 해도
당연히 관심 밖의 일
설사 내가 그녀 때문에 죽는다 해도
상상컨대
아침 세면대 앞에서 양치질하면서
이해할 수 없는 뉴스라고
고개를 갸우뚱할 뿐
아랑곳없고
서로의 인연은 전혀 없어
서로 완전히 다른 운명의 길을 갈 뿐이다
심지어 나의 애인의 질투 대상도 되지 못한다.
원래 상대를 좋아한다는 마음 자체는
이렇게 허무한 것이다
앞으로 그녀의 그림자 조차도 밟을 일 없다

그림자라도

님의 파편이라도
한조각 갖고 싶어

내 분수에
어찌 일대일 사귐을 기대할 수 있을까

그대의
그림자라도 만날수 있다면
영광인걸
행복인 것을

행복의 씨앗

지금의 불행은
지난날 어리석게 살아온 대가
그 누구를 탓할 수 있으랴

능력이나 지식이 없음도
지위나 명예나 재산이 없음도
친구도 영향력도 없음도

남 탓하기 시작하면
더 이상의 발전은 결코 없는 법이다

미래의 불행을 바꾸려면
행복의 씨앗을
오늘 스스로 심어야 한다

포장

물건의 내용과
포장은 언제나 별개다

포장이 좋아도
내용은 얼마든지 다를 수 있다
사람의 얼굴과 몸치장은
포장과 같다

아름다움과 그의 됨됨이는
서로 아무 상관이 없다

쉽게 살지 못하고

이것이 오히려
나의 별난 성격 탓인가
아니면 정신병인가
왜 남들처럼
보아도 못 본채 못하고
혼자서 속이 그렇게도
뒤틀리는가
그냥 둥글둥글
쉽게 살지 못하고
맨날 비판의 눈을 번득이며
마음의 폭풍을 경험한다.
세상은 온통 모순 덩어리
부정과 부패와 거짓과 사기
오만과 위선과 독선
잔인함과 인권침해
불평등과 위협과 폭력 등
어두운 세상사가 모두
나의 고뇌가 되어
스스로 어려운 삶을 자초한다.
이 마음의 병
나 자신도 어찌할 수 없으니
이제 그만 살고 싶다.

눈빛

눈빛으로만
나를 좋아하는 님

그 눈빛에 홀려
가까이 가면
오히려 멀어져 가는 뒷모습

또다시 눈빛을 보고
나에 대한 호감을
상상하지만
곧 착각임을 깨닫는다

눈빛 따로 몸 따로
그것이 어찌 가능한지
신기하기만 하다

원래
눈빛이 늘 그런가 보다

아비규환

썩은 시체를
먼저 파 먹으려고
구더기가 우글거린다

이 시체가 다 사라지면
구더기가 구더기를 죽인다
역시 치열한 생존경쟁이요
아비규환이다

결국, 살아남는 구더기만이
똥파리로 자라나고
암수가 결합하여

또다시 시체가 있는 곳을 찾아
한 무더기의
구더기 알을 낳는다

이 구더기도 분명 창조된
세상 일부니까 역시
바로 그 분의 작품이겠지

고독의 시간

사는 것이 죽는 것 보다
더 힘들지 않을까

일하는 것이 쉬는 것 보다
더 어렵지 않을까

지금까지 무사히 살아왔고
큰 대과없이 일했던 당신

이제는 호수가 벤치에 앉아
아무도 찾지 않은
고독의 시간일지라도

임종을 준비하는
조용함과 단순함을
오히려 행복으로 맞이하시라

하직 인사

이제 떠날 준비를 합니다
미리 하직 인사를 올립니다

내가 갑자기 소식없이 떠날지도 모릅니다
아직 자기시간이 많이 남았다고 위로하지 마세요
그것은 정말 알 수 없는 일입니다

앞으로 더 살면 다행이고
그만 살아도 여한은 없습니다

이 때 쯤이면 죽음이 언제 닥칠지
아무도 모릅니다
차라리 이제부터 하나하나
미리 정리해 두는 것이 좋습니다

삶을 단순화시키면
마음이 가벼워지고
이것이 바로 행복입니다

책과 서랍을 정리합니다
작은 재물마저도 처분합니다
인간관계도 확실하게 하여
사과할 것은 사과합니다.
인생의 숙제를 모두 마칩니다

당장 오늘 죽어도
나의 아들딸들에게
골치 아픈 일이 없도록
나를 위하여 특별히
처리할 일이 없도록

그래서 그냥 조용히 한줌의 흙으로
돌아가기만 하면 됩니다

태화루

오랫동안의 염원이
드디어 복원되었다
울산의 상징
울산의 전통
울산의 심장

그동안 왠지 허전했던 마음이
이제야 채워지게 되었다

시퍼런 강물이 넘실넘실 굽이쳐 흐르고
광활한 초원과
대나무 숲
오색찬란한 꽃들이 눈앞에 전개된다

여기에 바로
우리의 그리움이 있고
우리의 동경이 있고
우리의 희망이 있다

태화루를

찾아볼 때 마다

정말 행복한 시간인 것을

나날이

울산 사랑이 샘솟는다

송아지 목숨

옛날 어느 나라에
우유값이 치솟자
큰 재앙이 되었다

이젠 쇠고기 보다
우유를 파는 것이
오히려 수지 맞는 일

더 이상
송아지에게 줄 우유가 없게 되었다

단지 우유값 상승 때문에
바로 우유값
우유값

결국 목축업자는 대거
송아지를 도살하였다

많은 어린 송아지 목숨이
이렇게 끝장났다

죽어야 할 때

갓난아기는
천진난만하여
정말 세상 무서운 줄 모른다
철이들고
나이를 먹어가면서
점점 세상 험악함을 배우게 된다
불안한 마음의
해결사를 자처하며
어김없이 찾아드는 종교는
마치 아편과 같지만
깊은 생의 공포의 뿌리는
여전히 잠재의식의 자궁 속에서
나날이 자라만 간다
세상은 알면 알수록 모순 덩어리
극도의 잔학성에 질려서
이승에 대한
모든 미련이 사라져 버리고
도저히 참을 수 없고
환멸만이 남을 때에는
바로 죽어야 할 그 때가
이른 것이라 봐도 된다

태풍

거대한 태풍이 다가온다
강한 광풍이 휘몰아 치고
산같이 높은 파도가 마구 몰려온다
조그만 돛단배의 선장은
선원들에게 고함친다
이제 우리의 시간이 얼마남지 않았다
쓰레기 같은 물건은 모두 내버려라.
값진 것이라도 과감히 바다에 던져버려라
이제 우리의 시간이 얼마남지 않았다
우리가 빚진 자에게 사과하고
원한이 있는 자를 용서하라
이제 우리의 시간이 얼마남지 않았다
기다리던 짝사랑과 만나주지 않던 사람은
마음속에서 지워버려라
남겨둔 부모님과 처자들에게 향하여
사랑의 마지막 고백을 외쳐라
이제 우리의 시간이 얼마남지 않았다
오직 목숨 하나만 남겨두고
모두 정리하고 포기할 준비를 하라
곧 소용돌이치는 태풍의 핵으로 들어간다
누가 살지 죽을지 아무도 모른다
이제 우리의 시간이 얼마남지 않았다

너무 늦었어요

늘 보고 싶은 마음이었는데
벌써 수십 년이 훌쩍 그냥 지나가 버렸군요
세월이 참 빠르다구요
님의 맑은 눈동자 애띤 모습과 따뜻한 미소
이젠 결코 다시 만날 수 없는.
지나간 이야기
모두 환상일 뿐이죠
우리는 그 사이에
왜 서로 만나질 못했을까요
각자의 다른 운명이 그렇게도 엄중했나요
지금에와서 후회해도
불가피했던 사정을 아무리 변명해도
아무 소용도 없는 일
우리의 속수무책은 우리의 수준일 뿐
누구도 탓할 수 없죠
나도 그 동안에 아주 딴사람처럼
마음도 몸도 너무 많이 변했어요
그 옛날을 되찾기에는 너무 늦었어요
순수한 젊음의 꿈같은 그날들은
영원히 다시 돌아오지 못해요
그냥 아름다운 추억의 환상만
가슴속 깊이 남겨둡니다

사랑하는 마음은

사랑하는 마음은
선율을 따라 노래하는 마음이 된다

사랑하는 마음은
의미가 담긴 말들을 읊는 마음이 된다

음악과 시는
사랑하는 마음과 함께 하는
삼위일체 같은 것

아름다운 단풍이 드는 어느 가을날
커피숍 구석에 혼자 앉아

음악을 듣고
시를 읽으면서
그리운 사랑의 환상에 젖는다

소식을 전합니다

한낱 작은
지난날 인연의
파편일지도 모릅니다

마치 처음의 씨앗처럼
나날이
그 그리움이 자라나고

붉게 물든 단풍
깨끗한 옥수
내 마음도 가을 속으로
빠져들어

결국 이렇게 소식을 전합니다

소슬한 바람결이
내 가슴을 파고들 때는
꼭 님이라고 느낍니다

사랑의 연습부터

아무리 눈을 비벼 보아도
딱 마음에 맞는 님이 잘 보이지 않네요

어쩌다 설령 내 마음에 드는 사람이 있어도
눈길 한번 나에게 주질 않네요

세월은 어김없이 자꾸만 흘러가는데
사랑의 인연은 요원하기만 한데

그냥 이러다가 덧없이 늙고 죽을건가 봐요

영혼이 떨리는 듯한 설렘이나
불길같은 정열이
가슴속에 꼭 생겨야만 사랑일까요
완전한 꿈만 막연하게 기다리지 말고

단지 잔잔한 매력이라도 느껴진다면
가까운 곳에서 부터
주저하지 말고 무조건 만나서

이제 사랑의 연습부터 시작해 볼래요
혹시 진짜 사랑이 될지도 모르잖아요

여유

모처럼 전혀 바쁘지 않네
급히 처리할 일 아무것도 없고
스트레스 받을 일도 없고
이렇게 좋을 줄이야
더 이상 시간에 쫓기지 않고
오늘은 양지 쪽 벤치에 앉아
그냥 한가로이
상상의 나래를 펴고서
하루를 보내기만 하면 된다
오랜만의 완전한 여유가
이렇게 행복일 줄은
언제나 청빈낙도 하면서
이렇게 여유 속에서 살고 싶다

숨은 꽃

아무도 오지 않는
한적한 들판을 지나
절벽의 벼랑에 핀 꽃 한송이
아침에 떠오르는 햇살에 눈부시다.
깨끗한 이슬만을 먹고
구름이 머무를 때마다 미래를 꿈꾼다.
바람에 흔들거리며 한껏 자태를 뽐내며
저녁노을이 질 때 그리움에 잠긴다.
별을 바라보고
하염없이 눈물을 흘리지만
아무도 찾지 않은 숨은 꽃
외로움은 피할 수 없는 운명일 뿐
그냥 이렇게 하루하루를 지내고
또 그렇게 기다림으로 보내는
당연한 반복의 시간들을 깨닫는다..
결국 아무도 모른 채
어느 누구도 찾아오지 않아
꽃은 무의미한 생을 마감하고
영원히 사라질 생각을 한다.
그 숨은 꽃은
바람이 몹시 부는 어느 날
스스로 목을 꺾어
절벽 아래로 떨어졌다.

그냥 떠나면 됩니다

너무 가슴이 아픕니까
그를 떠나면 됩니다
너무 괴롭게 합니까
그를 떠나면 됩니다
너무 실망을 줍니까
그를 떠나면 됩니다

떠날 자유가 있으면
바로 그냥 떠나면 됩니다
지금 떠날 수 없으면 우선 마음이라도
먼저 그렇게 떠나면 됩니다
떠나기가 그렇게 힘들다구요
그러면 함께 남아 있으면 됩니다.

앞으로 서로 더 갈등할 필요가 없습니다
서로가 더 미워할 필요도 없습니다
사람을 억지로 바꾸려고 하지 말고
서로의 관계도
무리하게 개선하려고 하지 말고
불만이 있으면
바로 그냥 떠나면 됩니다

마치 저 우주의 별들처럼 먼 곳으로
영원히 마주치지 않는 아득한 곳으로

서로 아무런 미련도 두지 말고
변명도 남기지 말고
조용히 그를 그냥 떠나면 됩니다
의외로 복잡할 것 전혀 없습니다

애수

가을이 깊어지니
우수수 떨어지는 단풍잎이
병원의 창문을 두드린다
무수한 별이 반짝이는
쌀쌀한 밤하늘에
조각달 하나가 어디론가
조급히 달리고 있다
누굴 만나러 가는 걸까
환자는 불치의 병으로
기침을 멈추지 못하고
죽음과 외로운 사투를
마지막으로 벌이고 있다

외로움

나이가 들어
무기력 해지고
몰골이 망가지니
아무도 나에게 관심을 두지 않는구나
한사람 한사람 나를 떠나가니
결국 남은 사람이 없네
차라리 달님은 나의 연인
해님은 나의 형제
숱한 별님들은 나의 친구로 삼으리
이제 떠도는 구름은 누구로 할까
바람에 흩날리는 낙엽은 누구로 할까
몸이 아파서 침대에 누우니
다시 일어나기가 힘이 드네
인생무상인 것을
일찍이 짐작은 했지만
외로움은 뼈에 사무치고
삶과 죽음의 차이가 점점 없어지네
무의미한 질긴 목숨이 바로 나의 원수
죽음은 오히려
신의 마지막 선물

은행잎

그리움이 너무 진하여
이제는 주저함도 없이
모두 노랑 잎으로 변하였나.

한 잎도 남김없이
석양에 보석이 되어 빛난다.

떨어지는 은행잎 하나
책갈피에 보관하니
소중한 추억으로 남는다.

나를 한번 이겨 보세요

칼이 지나가는 곡선이
얼마나 아름다우냐구요
민첩한 정중동의 자세가
얼마나 멋지냐구요
지금 부동심을 강조하고 있다구요
그렇지만 폼만 잡지 말고
이제 나를 한번 이겨 보세요
더이상 나의 칼에 맞지 말고
제발 나를 격자해 보세요
정말 나의 방어막을 뚫을 수 있겠어요
능히 나의 공격을 피할 수 있겠어요
백언이 불여일격 입니다
이곳은 말이 필요없는 세계이지요
나를 이길 수 없으면 그냥 침묵하시구요
패자가 자꾸만 가르치려고 하면
너무나 피곤한 법이지요
이제 나를 한번 이겨 보세요
오히려 이것이 나의 부탁입니다
나를 이겨서 통쾌함을 느껴보세요
제발 내가 시합에 져서
그대를 존경하게 해주세요

열풍

잠자고 생각하고 만나고
또 잠자고 생각하고 만나고
매일매일
내가 미친 것 아닌가
이것이 설사 한때의 열풍이라고 하더라도
후회 없는 삶을 위하여
잠시 그냥 바람의 흐름에
온전히 나를 맡기렵니다.

가을이 되면

가을이 되면
더욱 아름다운 모습으로
나의 눈을 멀게 하소서
소슬한 바람이 불고
저녁놀이 붉게 물들고
낙엽이 바람에 뒹구는 날에는
따뜻한 포옹으로 나의 숨통을
아예 끊어 놓으소서

친구

친구는
내가 비틀 거릴 때
바로 세워 주고
내가 흐느적 거릴 때
나를 붙잡아 주는 것이지요
몹시도
비가 많이 오는 날
허전함으로 심히 몸부림칠 때
그대가 나 몰라라 하면
나는 누구한테 의지하나
그러면
친구가 아니지요

잘 알고 있지요

나를 싫어한다는 말은
중요하지 않아요
나를 거부하는 몸짓도
어떻게 믿나요
그대의 뜨거운 몸과 흐느낌
나를 향하여 거역할 수 없는
꿈틀거리는
거대한 욕망의 덩어리
나는 잘 알고 있지요
그대의 실존은 운명의 외침
내 몸속의 용암이
의식의 지각을 뚫고 분출될 것이
피할 수 없는 화답임을
나는 잘 알고 있지요

인간이기 때문에

인간이기 때문에
절대 그럴 수 없다
결코 동물처럼 살 수는 없다.

설사 그것이 더 손해 보는 경우라도
더 고통과 불행을 당하더라도
일찍 죽게 되더라도
오직 옳은 길만을 선택해야 한다.

선과 악이 서로 같을 수 없는 법
허무주의는 타락의 지름길
이 정신적 마약을 피해야 한다.

진실한 사랑은 하나님의 뜻
이로써 인본주의와 신본주의는
모두 하나로 통한다.
도덕적 인격만이 영생을 얻을 것이다.

인간이기 때문에
절대 그럴 수 없다.
결코 동물처럼 살 수는 없다.

말로 설명할 수 없는

이 세상에는
말로 설명할 수 없는 것들이
너무나 많습니다

음악을 말로 얼마나
표현할 수 있나요
미술을 말로 얼마나
해설할 수 있나요
사랑을 말로 얼마나
이해시킬 수 있나요
자연을 말로 얼마나
느끼게 할 수 있나요
신을 말로 얼마나
나타낼 수 있나요

말은 말일 뿐
빙산의 일각만 보여줍니다
아름다운 영혼의 세계가
끝없이 숨어 있습니다

이제는 봄이 온다고 해도

이제는 봄이 온다고 해도
애써 모른척 할래요.

꽃잎이 흐드러지고
종달새들이 창공을 솟는다해도
별로 놀라지 않을래요.

얼음 사이로
옥수같은 계곡물이 흐른다 해도
님을 그리워하지 않을래요.

언덕을 넘어
부드러운 산들바람이 불어와
내 몸을 감싼다 해도
나는 그만 돌아서 앉을래요.

지나간 모든 추억의 파편들은
다시 되돌아 올 수 없는 것

이는 부질없는 운명의 되새김

내 영혼을 더 이상
여기에 가두어 두지 않을래요.

감미로운 음악의 선율이 들릴 때도
차라리 텅 빈 마음이 되어
그냥 이대로 생을 마저 살래요.

이제는 봄이 온다고 해도
애써 모른척 할래요.

소중한 것은

찾아가 보고 싶은 곳이 있든 말든
꼭 만나고 싶은 사람이 있든 말든
읽어보고 싶은 책이 남아 있든 말든
듣고 싶은 음악이 있든 말든
보고 싶은 그림이 있든 말든

안타까움과 아쉬움은
오직 나만의 사정일 뿐
죽음은 이를 전혀 아랑곳하지 않고
어느날 갑자기 무자비하게
나를 찾아올 것이다.
소중한 것은 생전에
나 자신이 부지런히 챙길 수밖에 없다.

신발

원숭이는 맨발로
침팬지도 맨발로
원시인도 벌거벗고 맨발로 다녔다.
신은 인류의 조상들에게
신발까지 만들어 주지 않았다.

뜨거운 사막길도 맨발로
뾰족한 바위산도 맨발로
나무를 타고 올라갈 때도 맨발로
차가운 얼음위도 맨발로
자연상태의 삶은 참으로 불쌍하다.

신발은 자연이 아닌
참다못한 인간들의 작품
자동차는 신발이 진화된 또 다른 결과
자연으로 돌아가는 것이
항상 옳은 것은 아닐 것이다.

묻기 전에

나라가 나에게
무엇을 해 줄수 있는지

묻기 전에

내가 나라를 위하여
무엇을 할 수 있을까

이것은 케네디의 연설이었다

그대가 나를
왜 사랑하지 않느냐고

묻기 전에

나 자신이 그대로부터 과연
사랑받을 가치있는 인간일까

이것은 나의 질문이었다

공방에서만 머문다

저 눈부신 대자연은
아마도 사랑하는 사람들의 몫
이들에게 언제나
놀라운 환희를 가져다 준다.

사랑이 없는 자에게
저 위대한 대자연이란
오히려 가슴을 후벼파는
모진 칼날과 같은 것

그 아름다움이 더하면 더할수록
고독의 상처가 너무 아파서
감히 여행도 꿈꾸지 못하고
혼자서 그냥 공방에서만 머문다.

작은 신

남의 언행을
눈여겨 보았다가

내 친구가 될 사람과
아닌 사람을 분별하고

앞으로 사귈 사람과
멀리할 사람을 구분하니

마치 신이
구원받을 자와
버릴 자를 심판하는 것처럼

나도 늘 사람을
평가하고 있지 않는가

그러니까
나도 작은 신인가 보다

소름이 끼친다

저 높은 고가도로를 건설한 대단한 사람들과
이 세상을 같이 산다
소름이 끼친다

반도체를 만드는 굉장한 사람들과
이 세상을 같이 산다
소름이 끼친다

자동차와 비행기를 만드는 우수한 사람들과
이 세상을 같이 산다
소름이 끼친다

위대한 예술을 창작하는 놀라운 사람들과
이 세상을 같이 산다
소름이 끼친다

이렇게 무시무시한 사람들 속에서도
경쟁력 없는 내가 아직까지 살아있음은
분명 신의 궁휼 때문일 것이다.

꽃놀이 산책

삶이 괴로울 때
꽃놀이 산책을 상상해 본다.
평안하고 여유로운 마음은
생각하기 나름이다.

만약 마라톤의 경기에 나갈 때
꽃놀이 산책의 기분이라면

만약 취직 시험을 치러갈 때도
역시 꽃놀이 산책의 기분이라면

만약 격투기 시합하러 나갈 때도
역시 꽃놀이 산책의 기분이라면

만약 형장의 이슬로 사라지는 날도
역시 꽃놀이 산책의 기분이라면

구도(求道)의 종점에서
달관한 인생들은
아무것도 괴로울 것이 없단다.

부활의 조건

진실한 사랑은
인간성 발달만큼 가능합니다.
이는 하늘의 도(道)를 추구하는 것입니다.

진실한 사랑은
타인을 위한 자기희생입니다.
바로 인류애입니다.

진실한 사랑은
신과 생명이 모두 하나로 만납니다.

진실한 사랑은
그 대가로 부활의 은총을 입습니다.
그래서 모두 다시 만나게 됩니다.

진실한 사랑은 신의 뜻이며
이를 위한 인간성 발달 보다 이 세상에서
더 중요한 것은 없습니다.

마음의 거리

내 마음속에도 별자리가 있습니다.
하늘의 별들이 반짝이듯이
수많은 사람의 마음도 빛나고 있습니다.

각자의 마음도
자기자리가 있나 봅니다.

가끔 그 위치가 변하기도 하지만
별과 별사이의 거리가 정해지듯이
마음과 마음사이에도 거리가 있습니다.

마음의 거리보다 행동이 가까우면
경계심과 부담으로 서로 떨어지려고 하고

마음의 거리보다 행동이 멀어지면
서로를 아쉬워하며 그리워합니다.

마음의 거리는 자신의 운명
상대에 대한 진심도 어쩔수 없습니다.
하늘의 별자리처럼

각자의 마음도
자기자리가 있나 봅니다.

무조건 봄이 오네

봄이왔네 봄이와
유부남의 가슴에도

봄이왔네 봄이와
유부녀의 가슴에도

이곳저곳 가리지 않고
무조건 봄이오네

풍선

어린아이가 실끈을 놓치자 마자
풍선이 하늘로 올라간다.

풍선이 자기 것인 줄 알았는데
이제는 전혀 상관이 없다.

아이는 발을 동동 구르며
잡으려고 엉엉 울지만
부모조차도 찾아줄 수가 없다.

차라리 다른 것으로 사줄테니
눈물을 거두고
슬퍼하지 말아라.

마침내 아이는 까마득히 멀어져가는
풍선을 향하여 안녕하며 손을 흔들뿐이다.

여자의 마음

여자의 마음은
바다보다도 깊다.
아니 끝이 없다.

누가
여자는 쉽다고 했는가
그 남자는
여자를 제대로 만나지 못한거다.

칸트책

과거에

몇 번이나 시도했지만

너무 어려워

중도에 계속 실패했다.

이번에는

마치 사냥개가 먹이를

놓지 않는 것처럼

죽어라고

무조건 끝까지 물고 늘어졌다.

순수이성비판

실천이성비판

판단력비판

드디어 모두를 독파하였다.

내 인생이

칸트를 읽기 전의 시대와

읽은 후의 시대로

나누어지는 것 같다.

돈

공기가 부족하면 괴롭다.
숨을 쉴 수 없으니까

물이 부족하면 괴롭다.
목이 마르니까

돈이 없으면 괴롭다.
식량을 살 수 없으니까

돈은 마치 공기나 물과 같은 것

공기가 필요 이상으로 많다고
자랑할 것 없다.

물이 필요 이상으로 많다고
자랑할 것 없다

돈이 필요 이상으로 많다고
자랑할 것 없다.

아랑곳없는

아무리 사랑한다고
고백을 해도
나의 마음에 조금도
아랑곳없는 그 사람은

서로 인연이
전혀 없는

마치 저 먼 우주에 떠도는
무정한 운석과도 같은가봐

스스로 지쳐서
이제 그만둘까 보다고 말해도
공허한 메아리처럼
역시 아랑곳없다.

독거노인

나는 울고 또 울었다.
외로와서 그리고
누군가가 너무 그리워서 그렇게 울었다.
고독이 이렇게 무서운 것인 줄
예전엔 미처 몰랐다.
어쩌다가 이렇게 되었나
그간 열심히 살았는데
잘해 보려고 했는데
이제 모두가 내 곁을 떠나고
정적만이 남는다.
지난날이 주마등처럼 흐른다.
독거노인이란 말은
나와 전혀 무관한 줄만 알았는데
아무리 생각해도
진정 사랑하는 대상이
도무지 머릿속에 떠오르지 않는다.
하늘과 땅 사이에
나 혼자만 덩그렇게 존재하는 듯
뼛속까지 모진 공허감 견딜 수 없다.

이것은 인생의 실패니까
홀로 죽어도 어쩔 수 없다.
오늘도 눈물이 마르지 않았는데
그냥 스르르 잠이 든다.

추억

눈보라 치고
강풍이 부는
몹시도 추운 겨울날

몸이 꽁꽁
완전히 얼어버리는 듯하나

마음속 깊은 곳에
따뜻하게 타오르는
작은 모닥불 하나

지난날 찬란한
감미로운 추억이
고스란히 남아있어

바로 이것 때문에
아직 죽을 수 없다.

모르겠습니다

그렇게 가난하게 거지처럼 살아서
앞으로 무슨 의미가 있을까
차라리 죽는 것이 더 낫지 않을까?

저렇게 자유가 없이 폭력정권에 시달리며
노예처럼 살아서
앞으로 무슨 의미가 있을까
차라리 죽는 것이 더 낫지 않을까?

저렇게 맹인, 귀머거리, 지체부자유 등
복합장애인으로 살아서
앞으로 무슨 의미가 있을까
차라리 죽는 것이 더 낫지 않을까?

글자도 읽지 못하고 교육을 전혀 받지 못하여
계속 무능하게 살아서
앞으로 무슨 의미가 있을까
차라리 죽는 것이 더 낫지 않을까?

나이가 이미 백 세가 넘고
온몸이 아파서 골골거리는데
앞으로 무슨 의미가 있을까
차라리 죽는 것이 더 낫지 않을까?

옛날 한창 때는
이런 주제에 대한 판단이 좀 쉬웠지만
이제는 참으로 어렵고도 잘 모르겠습니다.

그림자

행복할 때에
조심해야 합니다.
불행의 그림자가 드리워져 있을 겁니다.

불행할 때에
절망하지 마세요
행복의 그림자가 함께하고 있습니다.

행복하다가 불행하고
불행하다가 행복하고
운명은 이렇게 마구 뒤바뀌는 법

지금 만사가 형통하더라도
자만하지 말고
언제나 경건해야 합니다.

포옹

우리
헤어질 때는
반드시 포옹을 하도록 해요.

포옹하지 못하고 헤어지면
다시 만날 때까지
그대를 늘 원망하게 돼요.

포옹하고 헤어지면
다시 만날 때까지
그대를 늘 그리워하게 되요.

우리
헤어질 때는
반드시 포옹을 하도록 해요.

사랑이 찾아올 때

쫓아다닌다고 가능하진 않죠
모든 것은 자기 자신의 문제

진실한 사랑은
오직 나의 인간성 만큼

지금 사랑이 찾아오고 있나요
나의 인간성이 좋아졌나 보죠

이는 진선미를 향하는 마음

나의 사랑이 떠나가고 있나요
나의 인간성이 나빠졌나 보죠

이는 진선미를 거스르는 마음

진실한 사랑은
오직 나의 인간성만큼

지금 사랑이 찾아오길 원하나요
먼저 나의 인간성이 좋아져야죠

두려울 때

진짜 확실히 죽기로 작정했다면
그러면 어차피 죽을 것이니까

돈 한 푼 없는 빈털터리가 되어도
걱정할 것 없다.

폭탄에 팔다리가 잘려 없어져도
걱정할 것 없다.

두 눈을 잃고 실명이 되어도
걱정할 것 없다.

세균에 감염되어 온 몸이 썩어내려도
걱정할 것 없다.

완전한 고독의 외톨이가 되어도
걱정할 것 없다.

반면에
미래에 대한 실낱같은 희망이라도 남아
살려는 의지를 갖게 되면

그때부터 사정은 완전히 달라진다.
모든 것이 두렵지 않을 수 없다.

병원

병원 밖의 세상과 병원 안의 세상은
서로 다르다.

병원 밖이 양지라면
병원 안은 음지이다.

병원 밖이 봄과 여름이라면
병원 안은 가을과 겨울이다.

병원 밖이 생명이 넘치는 곳이라면
병원 안은 죽음의 그늘이 드리운 곳이다.

병원 밖이 희망이 커지는 곳이라면
병원 안은 체념이 늘어나는 곳이다.

병원 밖의 사람들은
자주 병원 안의 세상을 잊는다.

병원 안의 사람들은
저절로 병원 밖의 세상과 멀어진다.

영원히 만날 수 없는 것들

달릴 때마다
무수히 스쳐 지나가는
저 아름다운 풍경들

들판과 강 그리고 오솔길
눈부신 햇빛
바다와 모래밭과
호수와 나무와 산들
그리고 은은한 달빛

지금은 모두
너무나 쉽게 볼 수 있으나
언젠가는
영원히 만날 수 없는 것들이다.

하나하나
잘 보아두거라
눈 속에 잘 담아두어라

먼 훗날 더 늙어서
병원으로 들어가고
침상에서 결국 일어나지 못할 때는
오직 추억으로만 남아 있을 것이다.

내가 죽으면

내가 죽으면
이러한 명작들을
더 이상 읽을 수 없을 것이다.

내가 죽으면
이토록 아름다운 음악들을
더이상 들을 수 없을 것이다.

내가 죽으면
그렇게도 멋진 경치들을
더 이상 볼 수 없을 것이다.

여유부릴 시간이 전혀 없다.
나중에 여한이 남지 않도록